VENTE DU VENDREDI 20 NOVEMBRE 1891

HOTEL DROUOT, SALLE N° 3

A 2 HEURES 1/2

TABLEAUX

ANCIENS & MODERNES

Aquarelles et Dessins

EXPOSITION PUBLIQUE

LE JEUDI 19 NOVEMBRE 1891

De 1 heure à 5 heures 1/2

COMMISSAIRE-PRISEUR	EXPERT
Me TUAL	M. Eug. FÉRAL, peintre
56, rue de la Victoire, 56.	54, Faubourg-Montmartre, 54

CATALOGUE

DE

TABLEAUX

ANCIENS ET MODERNES

PAR

Anastasi, André, Rosa Bonheur, Deéker, Egusquisa
Van Goyen, Van der Meer, Muraton
De Noter, Ostade, Palizzi, Simons, Thomas, etc.

AQUARELLES ET DESSINS

DONT LA VENTE AURA LIEU

HOTEL DROUOT, SALLE N° 3

Le Vendredi 20 Novembre 1891

à deux heures et demie

COMMISSAIRE-PRISEUR	EXPERT
Me Léon TUAL	**M. Eug. FÉRAL**, peintre
56, rue de la Victoire, 56	54, Faubourg-Montmartre, 54

Chez lesquels se trouve le présent Catalogue.

EXPOSITION PUBLIQUE

LE JEUDI 19 NOVEMBRE 1891

DE 1 HEURE A 5 HEURES 1/2

CONDITIONS DE LA VENTE

La vente sera faite expressément au comptant.

Les Acquéreurs paieront, en sus des adjudi-cations, CINQ POUR CENT, applicables aux frais.

Paris. — Imp. de l'Art, E. MÉNARD et Cⁱᵉ, 41, rctor

DÉSIGNATION

TABLEAUX ANCIENS ET MODERNES

ANASTASI (Auguste)

1 — *Troncs d'arbres. Étude.*

2 — *La Vallée de la Solle.*

3 — *Italienne. Étude.*

4 — *Oliviers, à Tivoli. Étude.*

5 — *Chemin; Fontainebleau.*

ANDRÉ (Eugène)

6 — *Le Pont de Ceillari.*

BLANCHARD (Jacques)

7 — *La Maternité.*

BONHEUR (Rosa)

8 — *Moutons au repos.* Toile signée.

BOURDON (Sébastien)

9 — *Officier assis dans un intérieur; près de lui, une fillette jouant avec un chien.* Bon tableau, d'une coloration fine et transparente.

BUDIN (A.)

10 — *Bateau de pêche rentrant au port par un temps d'orage.*

CHINTREUIL

11 — *Paysage et animaux.* Environs du lac de Côme. Signé à gauche.

CRAYER (Genre de G. De)

12 — *Tête d'homme à barbe, et vue de profil.*

DECKER (Conrad)

12 — *Le Pont rustique.* Il est traversé par un paysan suivi de son chien; à gauche, des cabanes. Effet de soleil couchant.

DUMONT LE ROMAIN

14 — *Portrait allégorique de jeune femme en Diane.*

ELZHEIMER (Genre de)

15 — *La Madeleine en prière.* Panneau ovale.

EGUSQUISA (R. De)

16 — *Jeune Italien.*

EGUSQUISA (R. De)

17 — *Roses trémieres.* Panneau décoratif.

FRAGONARD (D'après H.)

18 — *La Chemise enlevée.*

GOLTZIUS (H.)

19 — *Le Festin de Balthazar.*

GOYEN (Jan van)

20 — *Les Bords de la Meuse.* Des pêcheurs sont groupés sur la droite. Au centre, plusieurs déchargent leurs bateaux.

GUASPRE POUSSIN

21 — *Paysage avec fontaine sur la droite.*

MEER (J. Van der)

22 — *Le Maréchal ferrant.*

MICHEAU

23 — *Villageois au bord d'une rivière.*

MOTTÉDANO (?)

24 — *Fruits et fleurs entourant une statue de la Vierge tenant l'Enfant Jésus.*

MOMPER (J. De)

25 — *Torrent au pied de grands rochers.*

MOMPER (J. De)

Pendant du précédent.

26 — *Anachorète dans une grotte.*

MONNOYER (Attribué à Baptiste)

27 — *Fruits au pied d'un socle de pierre surmonté d'un vase.*

MONTAGNE (dit Plate Montagne)

28 — *Paysage.* Bords de rivière avec pêcheurs.

MURATON (Louis)

29 — *Femme arabe.*

MURATON (Louis)

30 — *A la tombée du jour.*

NOTER (David de)

3r — *Intérieur de cuisine.* Au centre, une jeune Dame place des fleurs dans un vase en faïence.

OSTADE (Attribué à Isaac)

32 — *Halte de Bohémiens.*

OSTADE (D'après Adrien)

33 — *Fumeur devant une cheminée.*

PALIZZI

34 — *Le Petit Berger.*

PIOT (A.)

35 — *Grive et perdrix pendues par les pattes.*

PRADES (A. F. De

Deux pendants.

36 — *Chevaux de courses. — Tambour battant.* Prix de Fontainebleau en 1863, et *Infante,* prix des Phocéens. Marseille, 1864.

RAOUX (Attribué à)

37 — *Pluton et Proserpine.*

RAPHAEL (École de)

38 — *Les Prophètes.*

REMBRANDT (D'après)

39 — *Portrait du maître.* Buste.

[RUBENS (D'après P. P.)

40 — *Thomyris fait plonger la tête de Cyrus dans un vase rempli de sang.*

SALVATOR ROSA (Attribué à)

41 — *Paysage avec constructions en ruine.*

SIMONS

42 — *Fruits et fleurs et objets divers posés sur une table.* Bon tableau digne du pinceau de D. de Heem.

TÉNIERS (D'après D.)

43 — *Le Chirurgien de village.*

TÉNIERS (D'après D.)

44 — *Paysage avec figures.*

TÉNIERS (Genre de D.)

(Deux pendants)

45 — *Les Joueurs de cartes.* Soldats se chauffant devant une cheminée.

THOMAS

46 — *Vue de Suisse ; effet de soleil couchant.*

VENIUS (Attribué à OTTO)

47 — *La Vierge, l'Enfant Jésus et le jeune saint Jean.*

VERHAS (F.)

48 — *L'Heure du rendez-vous.*

WIT (D'après De)

49 — *Intérieur d'église.*

WYCK (Thomas)

50 — *Port de mer, avec forteresse sur la gauche.*

ZORG (Genre de)

51 — *Ménagères et buveurs.*

ÉCOLE FRANÇAISE

52 — *Paysage avec moulin.* Une paysanne jette du grain à des poules.

ÉCOLE FRANÇAISE

53 — *Paysage avec figures.* Genre du Guaspre Poussin.

ÉCOLE FRANÇAISE

54 — *Enfants jouant avec une chèvre.* Dessus de porte.

ÉCOLE ITALIENNE

55 — *La Sainte Famille ; effel de lumière.*

ÉCOLE ITALIENNE

56 — *La Fuite en Égypte.*

ÉCOLE ITALIENNE

57 — *Le Sommeil de saint Joseph.*

ÉCOLE MODERNE

(Deux pendants)

58 — *Amours voltigeant et jetant des fleurs.*
Dessus de porte.

INCONNU

59 — *Le Chemin du village.*

60 — Quatre miniatures.

61 — Un lot de toiles de l'École italienne :
Sujets religieux et autres.

AQUARELLES

DYBOWSKA (Émilie)

62 — *Pensées et papillons.* Feuille d'éventail.

DYBOWSKA (Émilie)

63 — *Bouquet de pavots. — Iris. — Soleils. — Bouquet de roses trémières.* Quatre aquarelles.

TABLEAUX

Dépendant de la Succession de M. M...

64 — *Portrait d'un seigneur.* D'après Rubens.

CARLO MARATTI

65 — *Portrait en buste d'une des nièces du cardinal Mazarin.* Cadre sculpté.

DE TROY (D'après F.)

66 — *Portrait d'un seigneur du temps de Louis XIV.*

DYCK (D'après Antoine Van)

67 — *Portrait d'un jeune officier couvert d'une cuirasse.*

ÉCOLE MODERNE

(Deux pendants)

68 — *Fleurs et animaux*. Panneaux décoratifs.

ÉCOLE FRANÇAISE

69 — *Portrait de jeune femme coiffée d'un chapeau bleu orné de plumes.*

---

70 — Sous ce numéro qui sera divisé, des tableaux non catalogués.

RED. :

16

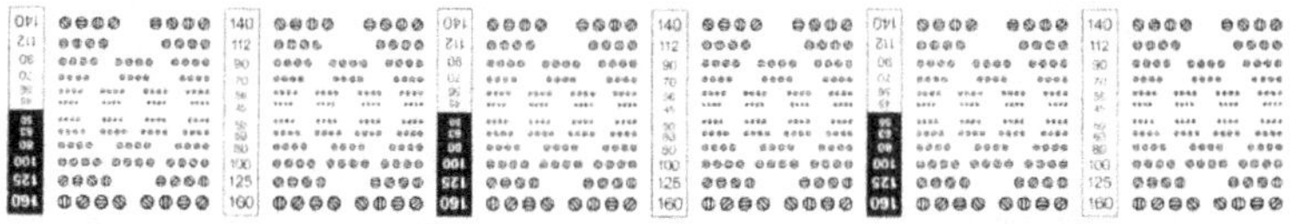

BIBLIOTHEQUE NATIONALE DE FRANCE

****

CHATEAU DE SABLE

1996